Merci, Canada!

Andrea Lynn Beck

Texte français d'Isabelle Montagnier

SCHOLASTIC

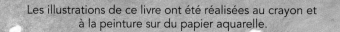

Les illustrations de ce livre ont été réalisées au crayon et
à la peinture sur du papier aquarelle.

Catalogage avant publication de Bibliothèque et Archives Canada

Beck, Andrea
[Thank you, Canada. Français]
Merci, Canada! / Andrea Lynn Beck ; texte français d'Isabelle Montagnier.

Traduction de: Thank you, Canada.
ISBN 978-1-4431-5724-7 (couverture souple)
I. Montagnier, Isabelle, traducteur II. Titre. III. Titre: Thank you, Canada.
Français.

PS8553.E2948T5314 2017   jC813'.54   C2017-901802-7

Édition publiée par les Éditions Scholastic, 604, rue King Ouest, Toronto (Ontario) M5V 1E1.

6 5 4 3 2 1   Imprimé en Malaisie 108   17 18 19 20 21

Aux filles, Janna et Lins.

Partis de Banff,
nous nous sommes baladés
jusqu'à des sommets enneigés.
Nous avons traversé des champs
et navigué sur des océans.
Pour mon frère, mon chien
et moi, la maison,
c'est le Canada.

D'ici, je te vois! Viens! Nous te montrerons le chemin.
Nous irons jusqu'aux étoiles ou nous explorerons les mers.
Nous grimperons aux arbres ou nous sillonnerons le désert...
avant de revenir au plus bel endroit qui soit.
Merci, Canada!

Oui, cher Canada!
Nous sommes si fiers
de toi et de tes dix
provinces et trois
territoires magnifiques.
Mais ce n'est pas
seulement une question
géographique...

Notre pays a un cœur généreux
et ses habitants y vivent heureux.
On entend parler français et anglais,
et bien d'autres langues, c'est vrai.

Pour notre drapeau flottant en haut des mâts,
nous te disons : merci, Canada!

Merci pour nos sages aînés
et les aigles dans la nuit étoilée.

Merci, Canada, pour la liberté
et cette belle diversité.

Et un grand merci à nos enseignants qui remarquent nos talents.

Merci, Canada, pour le hockey.
À la patinoire ou dans la rue, c'est parfait!

Merci aussi à nos braves soldats.
Surtout, ne les oublions pas.

Merci, Canada, de nous faire rire aux éclats
avec des villes comme Saint-Louis-du-Ha! Ha!
mais aussi Vide-Poche et Flin Flon.
Ce sont vraiment de drôles de noms!

Merci, Canada, pour les blizzards, les traîneaux
et les immenses centres commerciaux!
Mais aussi pour les jours de neige et le chinook,
les poissons énormes au bord de la route,
les magnifiques chutes Niagara,
le sirop d'érable et les bons repas,

le parc Stanley et la célèbre Tour CN,
la ville de Québec et ses rues anciennes.
Tout cela fait partie
de notre beau pays.

Mais surtout, n'oublions pas
la Gendarmerie royale du Canada,
les bernaches, les castors, les orignaux,
les ours blancs, les bûcherons, les canots,
les lièvres arctiques et les épinettes
et l'hymne que nous chantons
à tue-tête...
Ôôôôô Caaaaaanadaaaa!

Merci, Canada!
Tu remplis nos cœurs
de joie!